# Grandpa's Magic Tortilla

Demetria Martínez & Rosalee Montoya-Read

Illustrations by Lisa May Casaus

Spanish translation by Rosalee Montoya-Read

· · · · · · · · · · · · · · ·

UNIVERSITY OF NEW MEXICO PRESS

ALBUQUERQUE

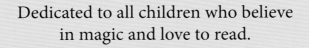

Dedicated to all children who believe
in magic and love to read.

To Teresa Marquez, forever young.

And to Rudolfo Anaya for helping
bring this story to life.

Printed in China by Four Colour Print Group
Production location: Guangdong, China | Date of Production: 6/1/2010 | Cohort: Batch I
14  13  12  11  10      1  2  3  4  5

**Library of Congress Cataloging-in-Publication Data**

Martínez, Demetria, 1960–
Grandpa's magic tortilla / Demetria Martínez and Rosalee Montoya-Read ;
[illustrated by] Lisa May Casaus.
p. cm. — (Children of the West series)
Summary: When Grandpa Luis's grandchildren are visiting him
in Chimayo, New Mexico, they see pictures of animals in one of
the tortillas he has cooked for their breakfast.

ISBN 978-0-8263-4862-3 (cloth : alk. paper)

1. Tortillas—Fiction.  2. Grandparents—Fiction.  3. Mexican Americans—Fiction.
4. New Mexico—Fiction.  5. Spanish language materials—Bilingual.
I. Montoya-Read, Rosalee.  II. Casaus, Lisa May, ill.  III. Title.
PZ73.M2787 2010
[Fic]—dc22
2010021554

# Glossary

**almuerzo, almorzar:** breakfast, common New Mexican usage instead of desayuno.

**animalitos de peluche:** stuffed animals

**anteojos:** eyeglasses

**asistir:** to care for and feed, New Mexico Spanish

**carretilla:** wheelbarrow

**chamuscada/o:** burnt

**comal:** griddle, Mexican, New Mexico Spanish, from Náhuatl

**crujientes:** crunchy

**cuidar:** to watch, New Mexico Spanish

**engañar:** to deceive

**establo:** barn

**guiño, guiñar:** wink, to wink

**herramientas:** tools

**lumbre:** fire, New Mexico Spanish

**mesteños:** wild horses, the King's horses, mustangs in English

**palmaditas:** pats to head or body

**quehaceres:** chores, literally what you have to do.

**silleta:** chair, New Mexico Spanish, silla is a horse saddle.

**toalla bordada:** embroidered towel

*vistes:* viste (to see). New Mexico vernacular Spanish adds -s to the preterite.

**zacate:** grass, Mexican, New Mexico Spanish, from Náhuatl

One summer morning, Grandpa Luis stood at the stove cooking tortillas on a hot griddle. He had made two dozen tortillas for his grandchildren. They were staying with him and Grandma Elvira for the weekend. He loved to have his grandchildren visit with them in his beloved village of Chimayo, New Mexico. As he turned the tortillas over on the sizzling flat metal plate, he sang a verse of his favorite song, "*Paloma Blanca*." He loved to sing when he made tortillas.

"Breakfast is ready," Grandpa said.

Grandma walked to the kitchen door and called her grandchildren. "Alejandra, Daniel, Benjamín! Come inside."

The children dashed up the porch steps and into the kitchen. "*Bueno, mis hijitos,*" said Grandma. "Wash your hands before you eat."

"Come and get it," said Grandpa. The kids washed their hands. Then they rushed to the stove. He filled each plate with scrambled eggs, potatoes, pinto beans, and a tortilla.

The children sat at the table and Grandma served them milk. "Grandpa," Benjamín said, "look at this tortilla! It's burnt." He held the tortilla up for everyone to see. Alejandra and Daniel laughed when they saw the toasted tortilla.

Una mañana de verano, abuelo Luis estaba al lado de la estufa echando tortillas en un comal caliente. Había cocido dos docenas para sus nietos que estaban con él y abuela Elvira para el fin de semana. Él se ponía muy contento cuando venían sus nietos de visita a su querido pueblo de Chimayo, Nuevo Méjico. Cuando les daba vuelta a las tortillas en el comal, cantaba una estrofa de su favorita canción, "Paloma Blanca." Al abuelo siempre le gustaba cantar cuando hacía tortillas.

"El almuerzo está listo," dijo abuelo.

Abuela fue a la puerta de la cocina y llamó a sus nietos. "¡Alejandra, Daniel, Benjamín! Vengan para adentro."

Los niños subieron los escalones al portal corriendo y entraron la cocina. "Bueno, mis hijitos," les dijo abuela. "Lávense las manos antes de almorzar."

"Vengan a comer," dijo abuelo. Los niños se lavaron las manos. Entonces se acercaron a la estufa. Abuelo Luis llenó cada plato con huevos revueltos, papas fritas, frijoles, y una tortilla.

Cuando se sentaron los niños a la mesa, abuela les sirvió leche. "Abuelo," dijo Benjamín, "¡mira esta tortilla! ¡Se quemó!" Levantó la tortilla para enseñarles. Alejandra y Daniel se rieron cuando vieron la tortilla chamuscada.

"Let's see. Yes, it is burnt," said Grandma. "Luis, remember those people in Texas? A woman burnt a tortilla and claimed the face of Jesus had appeared on it." She chuckled.

"I remember. Half the town thought it was a miracle! People came from all over to look at the tortilla," Grandpa answered.

Grandpa took the tortilla and looked at it closely. He winked at the children.

"Luis, give it to me," Grandma said. "I'll save it for your quesadilla."

"Let me have it! I like burnt tortillas," declared Daniel. "They smell so good and they're crunchy."

"There are other tortillas. I'll save it," replied Grandpa. He took the burnt tortilla and put it next to his plate.

"Now we'll give thanks," he said. They bowed their heads. "*Gracias a Dios por mis hijitos que están con nosotros.* Bless this food and us, too. *Amén.*"

"*Namaste!*" added Alejandra, using a word she had learned at a yoga class.

Daniel grinned and said, "You think you are so cool, just because you're eleven. Why can't you just say amen?"

"*Ya . . . ya, muchachos,* eat up," said Grandpa. "When we finish with breakfast, we go do chores. Our barnyard animals need breakfast, too."

"Déjame ver. Sí, veo que está quemada," le dijo abuela. "¿Luis, te acuerdas de aquella gente en Tejas? Una mujer quemó una tortilla y creyó que la imagen de Jesús Cristo había aparecido en ella." Se le escapó una risita.

"Me acuerdo. ¡Casi todo el pueblo creía que era un milagro! Vino mucha gente de diferentes lugares para ver esa tortilla," respondió abuelo.

Abuelo tomó la tortilla y la examinó de cerca. Entonces les guiñó a los nietos. "Luis, dámela," le pidió abuela. "La guardo para tu quesadilla."

"¡Yo la quiero! A mí me gustan las tortillas quemadas," anunció Daniel. "Tienen un aroma delicioso y son crujientes."

"Hay otras tortillas. Yo la guardo," respondió abuelo. Tomó la tortilla chamuscada y la puso al lado de su plato.

"Ahora daremos gracias," les dijo. Todos bajaron las cabezas. "Gracias a Dios por mis hijitos que están con nosotros. Que bendiga esta comida y a nosotros también. Amén."

"¡Namaste!" añadió Alejandra, usando una palabra nueva que aprendió en una clase de yoga.

Daniel se sonrió y dijo, "Te crees muy 'cool' porque tienes once años. ¿Por qué no puedes decir simplemente 'amén'?"

"Ya . . . ya, muchachos," les dijo abuelo. "Pónganse a comer. Cuando terminamos el almuerzo, vamos a los quehaceres. Los animales del rancho también necesitan almorzar."

Benjamín jumped up out of his chair with excitement. "I want to feed the chickens!"

Daniel said, "I'll feed and water the horse. After I brush him, I want to go for a ride."

"I'll gather the chicken eggs," added Alejandra.

"We have a lot of work to do," said Grandpa. "After we feed the animals, we will help Grandma with the garden."

The children loved to help care for the animals. They especially liked to help Grandpa in the barn. Once, they had found a baby rabbit in the hay. Another time, they had found a bird's nest with three tiny eggs.

After breakfast, they cleared the table. Then Grandpa Luis and the children headed for the barn to feed the animals. Grandma Elvira put on her hat and carried her tools out to the garden.

Grandma yelled out to Grandpa. "Luis, please bring me the wheelbarrow!"

"*Ahí voy*," Grandpa replied.

Benjamín brincó de la silleta con entusiasmo, "¡Yo quiero darles de comer a la gallinas!"

Daniel dijo, "Yo le doy el zacate y el agua al caballo. Luego lo voy a cepillar. Más tarde lo quiero montar."

"Yo recojo los huevos de las gallinas," añadió Alejandra.

"Tenemos mucho que hacer," les dijo abuelo. "Después de darles de comer a los animales, le vamos ayudar a abuela en el jardín."

Les gustaba a los niños asistir los animales del rancho. Especialmente les gustaba ayudarle a abuelo en el establo. Una vez, hallaron un conejito en el zacate. En otro tiempo, hallaron un nido de pájaros con tres huevos pequeñitos.

Cuando acabaron de desayunar, quitaron todo de la mesa. Abuelo Luis y los nietos se fueron al establo para asistir los animales. Abuela Elvira se puso su sombrero y llevó las herramientas al jardín.

En seguida, abuela le gritó a abuelo, "Luis, por favor tráeme la carretilla."

"Ahí voy," respondió abuelo.

When Grandpa was out of sight, Benjamín called out to Alejandra and Daniel. "Hey come here, I have something to tell you."

"What is it, Benny?" asked Alejandra. Benjamín motioned for them to gather together into a huddle.

"Did you see what I saw on the tortilla?" whispered Benjamín. "You gotta believe me. I saw the shape of a bear on the burnt part of the tortilla that Grandpa made this morning!"

"You saw a bear, Benny?" asked Daniel, surprised. "But, it wasn't a bear because I saw a dolphin!"

"What bear? A dolphin?" said Alejandra. "I didn't see a thing."

The two boys looked at Alejandra. Benjamín took her hand. "Come on Alejandra, I'll show you! Let's go inside and get the tortilla so you can see for yourself."

Cuando abuelo estaba afuera de vista, Benjamín llamó a Alejandra y Daniel. "Vengan, tengo algo para decirles."

"¿Qué es, Benny?" le preguntó Alejandra. Benjamín les hizo señas que se arrimaran.

"¿Vieron lo que yo vi en la tortilla?" susurró Benjamín. "Lo tienen que creer. ¡Yo vi la forma de un oso en la parte quemada de la tortilla que hizo abuelo esta mañana!"

"¿Vistes un oso, Benny?" preguntó Daniel sorprendido. "Pero no era un oso porque yo vi un delfín."

"¿Qué oso? ¿Un delfín?" les preguntó Alejandra. "Yo no vi nada."

Los dos muchachos miraron a Alejandra. Benjamín le tomó de la mano. "Ven Alejandra, te lo enseño. Vamos adentro y sacamos la tortilla para que veas también."

9

The three children ran into the kitchen. Daniel pointed at the stack of tortillas on the table. They were wrapped inside one of Grandma's white embroidered kitchen towels. He uncovered them. At the top of the pile was the burnt tortilla.

Benjamín held it up. "See! It's a bear!"

Daniel pointed and shouted. "No! It's a dolphin!"

"Let me look at that," said Alejandra. She took the tortilla from her brother. "I don't know what you two are talking about. I don't see a bear or a dolphin."

"Wait a minute," she uttered. "Something weird is happening." Alejandra dropped the tortilla on the floor. Dropping to their knees, the children watched as the body of the bear changed into a dolphin and then into a coyote—and back again. The animals continued to change shapes right before their eyes.

"Ohhh, my gosh!" exclaimed Alejandra.

"Maybe it's our eyes playing tricks on us," Daniel said, cleaning his glasses.

"What are we going to do?" asked Benjamín.

"I know, let's tell Grandpa and Grandma!" replied Alejandra.

Los tres niños entraron la cocina. Daniel señaló el montón de tortillas arriba de la mesa. Estaban envueltas en una toalla bordada de la abuela.

Daniel las sacó. Arriba de la pila hallaron la tortilla chamuscada que buscaban.

Benjamín levantó la tortilla. "¡Miren! ¡Es un oso!"

Daniel señaló y gritó, "¡No! ¡Es un delfín!"

"Déjame ver eso," dijo Alejandra. Agarró la tortilla de su hermano. "Yo no sé de qué están hablando. Yo no veo un oso, ni siquiera un delfín."

"Espera un momento," continuó ella. "Algo muy raro está pasando." Alejandra dejó caer la tortilla al suelo. Los niños se pusieron de rodillas y vieron cuando la forma de un oso comenzó a cambiar a un delfín y luego a un coyote—y al revés. Los animales seguían cambiándose de forma ante sus ojos.

"¡Ayyy, caray!" exclamó Alejandra.

"¿Tal vez serán nuestros ojos engañándonos?" dijo Daniel, limpiando sus anteojos.

"¿Qué vamos a hacer?" preguntó Benjamín.

"¡Yo sé, les diremos a abuelo y abuela!" dijo Alejandra.

At that moment, Grandma Elvira came into the kitchen. "What are you kids doing?" she asked.

"There's something weird going on here," said Daniel.

"Weird?" asked Grandma. "Where?"

"In this tortilla," answered Alejandra.

"We see animals appear on the tortilla!" Benjamín exclaimed. "Look Grandma!" He gave the tortilla to his grandmother.

"Thank you, Benjamín," she said. She held it close to her face. "I don't see anything on this tortilla except that it is burnt," said Grandma. "And right now I need to put it in the microwave with some *chile* and *queso* for Grandpa's quesadilla."

"No! No! Grandma," shouted Benjamín. "It's a magic tortilla!"

"Can't you see the animals, Grandma?" asked Daniel.

Just then, the screen door opened and Grandpa Luis walked over to them. "What's up?" he asked. "Where's my quesadilla?"

"Grandma doesn't see the animals!" said Benjamín.

"What animals?" asked Grandpa.

"The ones on the tortilla that Grandma's going to microwave," said Alejandra. "Grandpa, please, don't let her nuke it!"

"Let me see," he said. Grandpa took the tortilla. "Maybe there is something here. Let's put the tortilla away for now. We will take a good look at it later." He winked.

En ese momento, abuela Elvira entró la cocina. "¿Qué hacen mis hijitos?" les preguntó.

"Está pasando algo fantástico aquí," le respondió Daniel.

"¿Fantástico?" preguntó abuela. "¿En dónde?"

"En esta tortilla," respondió Alejandra.

"¡Vemos animales que aparecen en la tortilla!" exclamó Benjamín. "¡Mira, abuela!" Le dio la tortilla a su abuela.

"Gracias, Benjamín," le dijo. La acercó a la cara. "No veo nada, solamente que está quemada. Ahora voy a ponerla en el microondas con chile y queso para la quesadilla de tu abuelo."

"¡No! ¡No! Abuela," gritó Benjamín. "¡Es una tortilla mágica!"

"¿No puedes ver los animales, abuelita?" le preguntó Daniel.

Entonces abrió la puerta y abuelo Luis los acercó. "¿Qué pasa?" preguntó. "¿Dónde está mi quesadilla?"

"Abuela no puede ver los animales," le dijo Benjamín.

"¿Cuáles animales?" preguntó abuelo.

"Los que aparecen en la tortilla que abuela va echar al microondas," dijo Alejandra. "¡Por favor, no dejes que lo haga *nuke*, abuelo."

"Déjame ver," dijo. Abuelo agarró la tortilla y la miró con curiosidad. "Tal vez hay algo aquí. La vamos a guardar por ahora. Después la miramos bien." Abuelo Luis les guiñó un ojo.

"Guess what? The López kids are outside playing. Why don't you go and play with them?" Grandpa smiled and held the back door open for them.

"Go on now, go play," Grandpa said.

"Okay, Grandpa. But please look at it again," said Daniel.

"I will. As soon as my chores are done."

The children ran outside. Soon, the grandparents heard the laughter of the children in the yard.

Grandma Elvira shook her head. "That's what I appreciate the most about you, Luis. You're always sparking our grandchildren's imaginations. Now they are seeing animals appear on a burnt tortilla." Grandma hugged Grandpa.

"That's what Grandpas are for," he replied.

"¿Saben qué? Los hijos de la familia López están jugando afuera. ¿Por qué no salen a jugar con ellos?" Abuelo les sonrió y les abrió la puerta.

"No se preocupen, vayan a jugar," les dijo abuelo.

"Okay, abuelito. Por favor mírela de nuevo," pidió Daniel.

"Lo haré. Después que termine con mis quehaceres."

Los niños salieron para afuera. Pronto los abuelos oyeron la risa de los jóvenes en el patio.

Abuela Elvira meneó la cabeza y dijo, "Eso es lo que aprecio más de ti, Luis. Siempre estás despertando la imaginación de los nietos. Ahora ven animales que aparecen en una tortilla chamuscada." Abuela le dio un abrazo.

"Para eso servimos los abuelos," le respondió.

That evening, after a day full of chores and play, the three grandchildren came to eat their dinner. They helped the grandparents wash the dishes and went to bed.

The next morning, Benjamín jumped out of bed. "Alejandra, Daniel! Wake up! Wake up!"

"What is it Benny?" asked Daniel.

"You'll never guess what I dreamed!"

"I bet you dreamt about a really big bear," responded Alejandra.

"No, my dreams were about chickens!" exclaimed Benjamín. He laughed.

"Chickens?" asked Daniel. "That's really funny. I dreamt about wild horses. They were running fast."

Alejandra giggled. "I had the best dream of all. My dream was about race cars! Let's get dressed. I want to go tell Grandma and Grandpa about my dream." The children dressed quickly and went downstairs.

Grandma and Grandpa were sitting at the kitchen table drinking their morning coffee. The children were describing their dreams when they heard a knock at the front door. Grandpa Luis went to see who was at the door. He was surprised to see the entire López family standing on the porch.

Esa noche, después de un día lleno de quehaceres y juego, los tres nietos entraron a cenar. Les ayudaron a los abuelos a lavar los platos y fueron a la cama.

El siguiente día, Benjamín brincó de la cama. "¡Alejandra, Daniel! ¡Despierten, Despierten!"

"¿Qué pasa Benny?" le preguntó Daniel.

"¡A ver si pueden adivinar lo que soñé!"

"Sin duda, soñaste con un oso muy grande," respondió Alejandra.

"¡No, soñé con gallinas!" exclamó Benjamín, riéndose.

"¿Gallinas?" dijo Daniel. "Eso es muy chistoso. Yo soñé con caballos mesteños. Estaban corriendo rápidamente."

Alejandra dio una risita. "Yo tuve el mejor sueño de todos. ¡Mi sueño estaba lleno de autos de carrera! Vamos a vestirnos. Yo quiero ir a decirles a abuelo y abuela de mi sueño." Los niños se vistieron rápido y fueron abajo.

Abuela Elvira y abuelo Luis estaban sentados en la mesa de cocina tomado el café de la mañana. Los niños estaban contándoles sus sueños cuando alguien llamó a la puerta. Abuelo fue para ver quién llamaba. Se sorprendió de ver a toda la familia López en el portal.

"*Buenos días*, Luis," said Mrs. López. "My little Francisco said that your grandkids saw animals appear on a tortilla you made yesterday. My kids were up all night talking about it. They would not let us rest. They wanted to come see it. Please let us see the tortilla so I can go to work."

Grandpa Luis smiled and patted Francisco on the head. "Wait right here," he said. "I'll go get the tortilla. Let's all take a good look."

Alejandra, Daniel, and Benjamín joined their grandparents and the López family outside. Everyone stared at the tortilla that Grandpa Luis held up for them to see.

"Look! I see an eagle!" Joey shouted. "It has big wings!"

"Wow! And a tiger!" Tiffany exclaimed. "The stripes form rings around it."

"I don't believe it! I see a gorilla!" yelled David. "It's amazing!"

Mrs. López took the tortilla. She turned it over many times. "I'm sorry, but I don't see a thing," she said, handing the tortilla to Grandma Elvira.

"We do! We do!" the children shouted.

"Okay, okay, that's enough excitement," said Grandpa. "Elvira, is there orange juice for everyone?"

"Yes, there is," she responded. "I'll go get it."

"Buenos días, Luis," lo saludó la señora López. "Mi pequeño Francisco mencionó que sus nietos vieron unos animales aparecerse en una tortilla que hizo ayer. Hablaron de eso toda la noche mis hijos. No nos dejaron descansar. Querían venir a verla. Por favor, vamos a ver la tortilla porque yo necesito ir al trabajo."

Abuelo Luis sonrió y le dio a Francisco unas palmaditas en la cabeza. "Esperen un momento," les dijo. "Voy por la tortilla. Le damos un buen vistazo."

Alejandra, Daniel, Benjamín, y los abuelos se reunieron con los López afuera. Abuelo Luis levantó la tortilla para que todos la vieran.

"¡Mira! ¡Yo veo un águila!" exclamó Joey. "Qué alas tan grandes."

"¡Y un tigre!" dijo Tiffany. "Las rayas negras en el lomo forman anillos."

"¡No lo creo! ¡Veo un gorila!" gritó David. "¡Es increíble!"

La señora López tomó la tortilla. Le dio vuelta muchas veces. "Lo siento, pero no veo nada," les dijo, dándole la tortilla a abuela Elvira.

"¡Nosotros sí los vimos! ¡Sí los vimos!" gritaron los niños.

"¡Bueno, bueno, basta de gritos!" les dijo abuelo. "¿Elvira, hay jugo de naranja para todos?"

"Sí hay," dijo ella. "Voy por el."

Grandma disappeared into the house. Francisco followed Grandma and asked, "Do you have any cookies? I like cookies."

"Yes, *chiquito*, I have some. Let me get the juice first and then I'll get you one," she said. Grandma Elvira put the tortilla on the table. Francisco pulled out a chair and sat down to watch her. She poured juice into a pitcher and placed it on a tray with some glasses. "I'll be right back, Francisco," she said. Grandma took the tray outside.

Mrs. López and the children sat together at a picnic table in the backyard that was shaded by a big cottonwood tree. The children laughed and talked about the animals that they had seen.

After a while, Francisco walked out of the house. He was chewing on a rolled up tortilla. "Mamá, I'm sleepy. I want to go home," he said.

"Okay. Finish your snack and then we'll go," Mrs. López responded.

"Oh, no! Francisco, what are you eating?" Alejandra shouted. She ran toward the little boy. He handed the half-eaten burnt tortilla to her.

"You ate the magic tortilla! You ate the animals!" she exclaimed. Benjamín burst into tears.

Little Francisco López began to cry, too. His mother picked him up and cuddled him. "Now, now, don't cry, *mi'jito*. Let's go home."

"I didn't mean to eat it!" he wailed. "I was hungry."

La abuela se volteó y entró a la casa. El niño Francisco la siguió y le preguntó, "¿No tienes unas galletitas? A mí me gustan las galletitas."

"Sí, chiquito, sí tengo algunas. Déjame traer el jugo de naranja primero y luego te doy una galleta," le respondió. Abuela Elvira puso la tortilla en la mesa. Francisco sacó una silleta y se sentó cerca de la mesa a cuidarla. Llenó una jarra de jugo y la puso en una bandeja con vasos. "Vuelvo enseguida, Francisco," le dijo. Abuela salió con la bandeja.

La señora López y los demás estaban sentados al lado de una mesa que estaba a la sombra de un álamo grande. Los chicos se reían y hablaban de los animales que habían visto.

Al rato, salió Francisco de la casa. Estaba masticando una tortilla enrollada.

"Mamá, tengo sueño. Quiero irme a la casa," dijo el niño.

"Bueno. Acaba de comerte lo que tienes y luego nos vamos," respondió la señora López.

"¡Oh, no! ¿Francisco, qué estás comiendo?" gritó Alejandra. Corrió hacia el niño. Él le dio la mitad de la tortilla que quedaba.

"¡Te comiste la tortilla mágica! ¡Te comiste todos los animales!" exclamó. Le saltaron las lágrimas a Benjamín.

El pequeñito Francisco López también comenzó a llorar. Su mamá lo levantó y lo abrazó.

"No llores mi'jito. Nos vamos a nuestra casa."

"¡No me comí la tortilla adrede!" dijo el niño sollozando. "Tenía hambre."

21

The other children gathered around Alejandra, Benjamín, and Daniel. They stared at the pieces of burnt tortilla that Alejandra held in her hand.

"Oh, no! All the animals are gone," Alejandra groaned.

"Now, now, that's enough. Wipe your eyes. No need to cry," Grandma said. "We have other tortillas."

"That's right. You know that I will always make a fresh batch when you want them." Grandpa told the children.

After saying good-bye to the López family, Grandma Elvira and Grandpa Luis walked into the house with their grandchildren. Grandma began to set the table for lunch.

"Tonight when you go to bed, be sure to say your prayers," Grandma said. "You'll see, everything will be better in the morning."

Los otros niños se arrimaron a Alejandra, Benjamín, y Daniel. Miraron los pedazos de la tortilla tostada que Alejandra tenía en la mano.

"¡Oh, no! Nada queda de los animales," lamentó Alejandra.

"Bueno, bueno, basta. Dejen de llorar," les dijo abuela. "Tenemos otras tortillas."

"Es la verdad. Saben que yo siempre les haré tortillas frescas cuando las quieren," dijo el abuelo a los niños.

Después de decirle adiós a la familia López, abuela Elvira y abuelo Luis entraron la casa con sus nietos. Abuela comenzó a poner la mesa para la comida.

"Ésta noche antes de dormir, no dejen de rezar sus oraciones. Verán que mañana todo estará mejor," les dijo abuela.

For the rest of the day, Alejandra, Benjamín, and Daniel played games, rode the horse, and helped their grandparents in the garden. That night, Grandma read them one of their favorite bedtime stories, *Where the Wild Things Are*. However, the animals on the tortilla were never far from their thoughts.

El resto del día, Alejandra, Benjamín, y Daniel jugaron en el patio, montaron el caballo, y les ayudaron a los abuelos en el jardín. Esa noche, abuela les leyó uno de sus cuentos favoritos, *Donde Viven los Monstruos*. Pero los animales de la tortilla siempre estaban en sus pensamientos.

The next day, Grandpa Luis knocked on their bedroom door. "Kids, get up. There's a surprise for you outside."

The children ran downstairs in their pajamas. When they opened the front door, Francisco stood on the porch with his brothers and sisters. His little red wagon was full of stuffed animals.

"I'm sorry about the tortilla," said Francisco. He handed a drawing of a green giraffe to Alejandra.

"We made lots of pictures for you. My brothers and sisters helped me."

"We saw the animals, too," said David. He showed Daniel his picture of a roadrunner.

El próximo día, abuelo Luis llamó a la puerta del cuarto. "Levántense, muchachos. Una sorpresa los espera afuera."

Los niños bajaron los escalones en sus pijamas. Cuando abrieron la puerta, Francisco estaba con sus hermanos y hermanas en el portal. Su carretita roja estaba llena de animalitos de peluche.

"Siento lo de la tortilla," les dijo Francisco. Le dio un dibujo de una jirafa verde a Alejandra.

"Hicimos muchos dibujos para ustedes. Me ayudaron mis hermanos."

"Nosotros vimos los animales también," añadió David, enseñándole a Daniel su diseño de un correcaminos.

One by one, the López children handed them the beautiful drawings of animals that they had made—lions, whales, elephants, and more.

Grandma Elvira thanked them. "Come inside kids," she said as she wiped a tear from her eye with a corner of her apron. They followed her into the kitchen. She began to tape the drawings on the refrigerator. "*Mis hijitos*, we will treasure your drawings of the animals," Grandma said. "You know, sometimes grown-ups don't always understand what they can't see."

Uno por uno, los López les dieron dibujos hermosos de animales que ellos habían hecho—leones, ballenas, elefantes, y más.

Abuela Elvira les dio gracias a los niños. "Pasen para adentro, niños," les dijo, secándose una lágrima con su delantal. Todos los niños la siguieron hasta la cocina. Comenzó a pegar los dibujos en la refrigeradora. "Mis hijitos, estimamos mucho sus dibujos de animales," dijo abuela. "A veces los adultos no siempre entienden lo que no ven."

Grandpa Luis smiled and said, "I'm going to make breakfast for everyone. And, I will make a new batch of tortillas." He turned on the stove and placed a round, black griddle over the flame.

"See, it's a brand new morning. Let's see what the tortillas say today."

Grandpa Luis winked.

Abuelo Luis sonrió y añadió, "Yo voy hacer almuerzo para todos y también voy a echar tortillas." Se fue a la estufa y puso el comal negro y redondo sobre la lumbre.

"¿No ven? Amaneció un día nuevo. Veremos lo que dicen las tortillas hoy."

Abuelo Luis guiñó.